LEÇONS

A

MES NEVEUX

PAR

Casimir BLONDEAU

MEMBRE DE PLUSIEURS SOCIÉTÉS SAVANTES

Soyez toujours du beau les apôtres fidèles,
Le vrai seul est le beau, car le beau plait à tous.
J.-L. Gonzalle.

POLIGNY

IMPRIMERIE DE G. MARESCHAL

1868

En vente au bénéfice de la Bibliothèque populaire. — Prix : 50 c.

LEÇONS

A

MES NEVEUX

PAR

Casimir BLONDEAU

MEMBRE DE PLUSIEURS SOCIÉTÉS SAVANTES

Soyez toujours du beau les apôtres fidèles,
Le vrai seul est le beau, car le beau plait à tous.
J.-L. GONZALLE.

POLIGNY

IMPRIMERIE DE G. MARESCHAL

1868

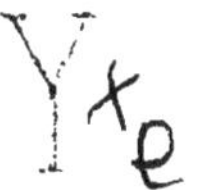

CHANSON-PRÉFACE

Air de la Pipe de Tabac.

Si, pour enseigner la sagesse,
Je mets le précepte en chanson;
En amusant si j'intéresse,
Si je fais aimer la leçon,
Mes disciples dans l'allégresse
Chanteront, contents de leur lot :
Le bonheur est pour la sagesse
Et l'infortune pour le sot.

Une morale trop sévère
Pénètre rarement au cœur;
En jouant, ma muse légère
Cache l'épine sous la fleur.
On doit captiver la jeunesse
Par un heureux choix de bons mots :
Le bonheur est pour la sagesse
Et l'infortune pour les sots.

Le sage sait avec mesure
Jouir des biens et des plaisirs
Que nous prodigue la nature
Sans nul excès, sans vains désirs.
Fortune, honneur, gloire et richesse,
Bien souvent ne sont que des mots :
Le bonheur est pour la sagesse
Et l'infortune pour les sots.

Tu veux éviter l'indigence?
Crois-mois, bannis l'oisiveté;
Du travail naît la douce aisance,
La paix du cœur et la santé.
Point de beaux jours pour la paresse,
La misère l'atteint bientôt :
Le bonneur est pour la sagesse
Et l'infortune pour le sot.

Riez, mais n'offensez personne;
Dans vos discours soyez prudents.
On rit; rarement on pardonne
Aux railleurs acerbes, mordants.
Dans ce bel art que Gilot brille,
Ce n'est que le talent d'un sot.
Gilot prétend plaisanter Gille,
Mais Gille a pitié de Gilot.

LEÇONS

A

MES NEVEUX

1re LEÇON.

L'ESPRIT DES EAUX.

Aimez-vous les uns les autres.
JÉSUS.

Dès le matin, loin des yeux de leur mère,
Heureux de respirer l'air pur et sain des champs,
Deux beaux petits enfants
Sur le rivage solitaire
De l'Angillon allaient, venaient gais et dispos,
Quand d'une touffe de roseaux
L'esprit des eaux
Sortit rose et mignon avec un frais sourire.

Il se recueille, il chante, et ses doigts gracieux
Font vibrer doucement les cordes de sa lyre.

Mais ces petits jaloux l'attirant auprès d'eux
Lui dirent : — Pourquoi donc sortant de ton repaire
Viens-tu chanter ici?
Damné, va-t'en et ne crois pas ainsi
D'un Dieu vengeur éviter la colère
Et supprimer le juste arrêt.

Alors jetant sa lyre, il plonge et disparaît.

Plus tard, nos promeneurs rentrant à la chaumière
Racontent à leur mère
Ce qu'ils ont fait là-bas;

Mais grondeuse, elle dit : — Retournez sur vos pas !
Allez et rassurez ce pauvre esprit qui souffre
Maintenant par vous.
Allez, et dites-lui que Dieu nous aime tous.
Ils partent et bientôt trouvent au fond d'un gouffre
L'esprit des eaux triste et songeur.
Reviens, lui disent-ils, sur ce bord enchanteur !
Reviens, espère,
Car notre mère
A dit : — le Tout-Puissant
Est juste, — il ne punit jamais que le méchant.

Oh ! viens, tu seras notre frère !
Et puisque Dieu nous aime tous
Ecoutons sa parole : — Aimons-nous, aimons-nous.

Lui, reprenant sa lyre
Et retrouvant sa voix,
Chante comme autrefois
Un air simple et naïf que le bonheur inspire.

2me LEÇON.

Malgré tous nos soucis ne troublons point notre âme;
Conservons-lui toujours sa vive et sainte flamme,
Sa foi, sa liberté.
Pour vaincre de l'erreur la maligne puissance,
Le savoir, croyez-moi, mène à l'indépendance,
A la fraternité.

Ne vous livrez jamais à l'infamante orgie :
Elle émousse, elle éteint la dose d'énergie
Que Dieu nous mit au cœur.
Pour conserver vos droits, il faut lutter sans cesse :
C'est un lâche celui qui cherche dans l'ivresse
Un remède au malheur.

Apprenez donc toujours et repoussez le voile
Epais des temps passés.... La science est l'étoile
Qui doit guider vos pas.
Si vos cœurs sont imbus d'un noble enthousiasme,
Vous saurez mépriser le rire, le sarcasme
Des fourbes d'ici-bas.

Des *blagueurs* repoussez les sottes philippiques,
Les projets insensés, les préjugés gothiques
Et les folles erreurs.
Laissez-les gentiment dans leur inconséquence
Rire de vos efforts : — le progrès les devance,
Les temps viennent meilleurs.

3me LEÇON.

La timide brebis paissant par les côteaux,
Etait sans cesse tourmentée
Par tous les autres animaux;
Aussi, vers le grand maître, un jour, sombre, attristée
Elle s'en fut porter sa plainte. — Et lui :
Je t'ai faite trop frêle et je veux aujourd'hui
Réparer largement cette injustice;
Je ne veux point être complice
De tes bourreaux : — Voyons, dis-moi,
Que puis-je faire ici pour toi ?
Faut-il armer tes pieds de griffes meurtrières
Et ta bouche de longues dents ?

— Oh ! non, dit la brebis, les bêtes carnassières
Aiment à ravager les forêts et les champs,
Et j'abhorre, Seigneur, les forfaits des méchants.
— Faut-il orner ton front de deux puissantes cornes,
Et donner à ton corps une vigueur sans bornes ?

— Non, non, quand on est fort on devient querelleur
Comme le loup dont j'ai grand'peur.

— Si tu veux cependant qu'on ne puisse te nuire,
Il faut qu'on te redoute, ô ma chère brebis !

— Ah ! s'il faut se faire maudire,
Dieu puissant, laisse-moi faible comme je suis;
J'aime mieux endurer le mal toute ma vie
Que de faire souffrir : N'est-ce point ton avis ?

— C'est bien, je te bénis,
Douce et frêle brebis
Que le désir du mal ne sut jamais atteindre.

De ce jour la pauvrette oublia de se plaindre.

4me LEÇON.

Rends à la vérité son culte légitime,
Sois-en, s'il le fallait, le prêtre et la victime.
Sylvain MARÉCHAL.

Il est nuit encore :
La flamme dévore
Une riche et vaste maison.
Le calme profond
Qui règne
Sous ce toit d'où s'élance une triste lueur
Enseigne
Que le sommeil étreint de toute sa lourdeur
Ses habitants,.... les valets et le maître.
Un voyageur passant par là
Voit le danger; — il frappe, — il crie : — holà !
Le feu, le feu ! — Debout.... Mais ouvrant sa fenêtre
Le bourgeois dit :
Que veux-tu, misérable....
Et pourquoi tout ce bruit?
Va-t'en, valet du diable....
Va-t'en, je veux dormir le reste de la nuit.
Et, fermant la fenêtre, il regagne son lit.
Puis, quand il est trop tard, quand la maison s'écroule,
S'adressant à la foule
Il dit :

Arrêtez, arrêtez cette infâme canaille !
C'est lui l'incendiaire.... il faut, vaille que vaille
Et sans désemparer,
L'incarcérer.

Ne voit-on pas souvent celui qu'on veut instruire
Et sauver de l'erreur,
Vous reprocher sa perte, son malheur....
N'allez pas lui dire,
S'il ne le voit pas,
Qu'un précipice est sous ses pas :
Il vous accuserait sans honte, sans vergogne
De l'avoir creusé.

Oh ! c'est une ingrate besogne
Que celle de prêcher, enfants, la vérité.

5me LEÇON.

La poésie est l'étoile
Qui mène à Dieu rois et pasteurs.
V. HUGO,

Ne m'accusez pas de sauvagerie
Si je vais aux champs ou par les grands bois
Rêver, écouter les bruyantes voix
Des nombreux troupeaux broutant la prairie.

Octobre est venu : — le cultivateur
A rentré ses foins et ses lourdes gerbes;
Mais il laisse aux champs des produits superbes
Et je les emporte au fond de mon cœur.

Si, près du ruisseau parfois je m'arrête,
Ne m'accusez pas de désœuvrement;
Là, je me recueille et lis couramment
Les œuvres de Dieu, que l'onde reflète.

Octobre est venu : — les gens du vallon
Ont rentré les foins et les lourdes gerbes;
Mais il reste aux champs des produits superbes
Et je les emporte avec ma chanson.

Je ne connais point de loi, de mystère
Qui ne soit écrit sur l'arbre ou les fleurs.
Des petits oiseaux les airs séducteurs
Traduisent pour moi les chants de la terre.

Octobre est venu : — le cultivateur
A rentré ses foins et ses lourdes gerbes;
Mais il reste aux champs des produits superbes
Et je les emporte au fond de mon cœur.

Vous qui fustigez l'ignorance impure,
Aimez, vénérez les nobles penseurs
Qui vont, déchiffrant à l'aide des fleurs,
Les secrets nombreux de dame nature.

Octobre est venu : — les gens du vallon
Ont rentré les foins et les lourdes gerbes;
Mais il reste aux champs des produits superbes
Et je les emporte avec ma chanson.

6me LEÇON.

COUPS DE BOUTOIR.

J'abhorre les écrits de ces lâches faiseurs
Qui vont semant partout de sottes fariboles,
Des livres graveleux, de funestes erreurs
Et des couplets frivoles
Qu'ils vendent tant la ligne à quelques éditeurs
Dont le seul but est.... la richesse.
La morale, les mœurs pour eux n'existent pas.
Au diable la sagesse,
Disent-ils, en riant, dans leur immonde ivresse.
« De l'or, toujours de l'or.... il en faut ici-bas
« Si l'on veut être quelque chose,
« Vivre joyeux, sans nul soucis.
« Arrière donc, frondeur morose ;
« Nous méprisons les sots avis
« Que tu sèmes avec largesse.
C'est bien, messieurs, expédiez sans cesse
En province et par tous pays
Les œuvres d'un Jacquot suant la calomnie ;
Les tartines au fiel brûlantes d'ironie
Du fier Louis Veuillot, prince des insulteurs ;
L'interminable Rocambole,
Mille autres feuilletons à l'allure aussi folle,
Qui dépravent le goût et l'esprit des lecteurs ;
Le poème lubrique (erreur du grand Voltaire)
De la pucelle d'Orléans ;
Le roman de Faublas au poison délétère
Dont s'abreuvent les jeunes gens ;
Piron, Pigault-Lebrun, ces amis du vulgaire ;

Les mémoires de Thérésa;
Le récit fabuleux (jésuitique sornette)
Du miracle de la Salette;
Les maximes de Loyola,
Du père Loriquet, l'histoire.... et cœtera....

Par ces produits fangeux que l'enfer inspira,
Comblez vos coffres-forts sans aucune vergogne,
Mais laissez-moi flétrir votre infâme besogne.

7me LEÇON.

FANTAISIE.

L'automne fuit, l'hiver s'avance :
Allez, oiseaux que nous aimons,
Par delà l'Océan immense,
Chanter sous d'autres horizons
Vos chansons.

Vous tombez, ô feuilles légères,
Charmantes filles du printemps,
Vous, si vigoureuses naguères !
Enfants, tout s'use avec le temps,
Fleurs et gens.

L'homme après quelques jours de vie,
Comme les fleurs, passe et s'en va !
Prince, manant, femme jolie,
Tout subit ta loi, Jéovah !
Tout s'en va !

En mai, quand renaîtront les roses
Et les feuilles par les buissons,

Revenez à ces belles choses
Mêler vos nids et vos chansons,
Gais pinçons.

Ainsi que les fruits de la terre,
Après la saison des frimas,
Dieu puissant qu'on aime et vénère,
Pourquoi ne renaissons-nous pas
Du trépas?

8me LEÇON.

DIOGÈNE.

Sa lanterne à la main, le bon vieux Diogène
Railleur, malin, insidieux,
Du matin jusqu'au soir parcourait tous les lieux
De la ville d'Athêne,
Cherchant un homme, insigne rareté....
Et voilà qu'en passant près d'un lieu respecté
(Le temple de la charité),
Il rencontre marchant avec solennité
Le grand prêtre de la déesse.
Seigneur, dit-il, en lui tendant la main,
Ayez pitié de ma triste vieillesse !....
Donnez une obole, — j'ai faim ! —
Je te bénis, mon fils. Cela doit te suffire,
Dit le prêtre... et soudain
Il entre dans le temple. — Essayant un sourire,
Diogène reprit lentement son chemin.

Plus loin, il rencontra devant un magasin
Où brillaient des joujoux, des perles, du satin,

Une dame élégante et richement parée....
Pitié, pitié, — j'ai faim ! — et la belle affairée
Lui jette insolemment
Une simple piécette,
Puis elle achète
Pour sa levrette
Un doux coussin de plume, un beau collier d'argent.

Diogène s'éloigne en lui faisant la nique.

Plus tard, un grand seigneur, dans un char magnifique
Passait majestueusement.
Diogène le voit, s'approche lentement
Et dit : — Vous qui nagez dans l'opulence,
Pour Dieu, soulagez ma souffrance !
J'ai faim ! — Va-t'en, vieillard maudit,
Délivre-moi de ta présence !
Un valet le repousse et le cinique rit.

Mais voilà qu'un esclave
S'avance en rougissant et dit : — Tenez, mon brave,
Prenez ceci !
De cette faible somme
Vous vivrez bien un jour. — C'est bien, enfant, merci !
Enfin j'ai découvert un homme,
Fait le cinique en ricanant
D'un air paterne ;
Et s'en allant
Il brise sa lanterne.

9me LEÇON.

MONTRIVEL.

Pour désigner les temps célèbres dans l'histoire,
On dit : « Le siècle d'or, le siècle auto-da-fé. »
On nommera le nôtre au temple de mémoire,
Siècle de l'habit noir et du filet truffé.
Célestin GAUTHIER.

Souvent pour être seul avec ma rêverie,
Je dirige mes pas vers notre Montrivel;
Oubliant sur ce roc les ennuis de la vie,
Mon cœur s'élance jusqu'au ciel.

Debout sur ce château qui lentement s'écroule,
Que l'orgueil ou la peur jadis édifia,
Oui, je me sens grandir.... à mes yeux se déroule
Un immense panorama.

Salut, belle vallée !
Salut, sites charmants qu'on domine d'ici !
Vous voir longtemps ainsi,
Voilà mes vœux, mon espoir, ma pensée
Et mon souci.

Ce bruit lointain qui monte et se mêle sans cesse
Au chant du laboureur vaquant à ses travaux;
Ces ruines, ces fleurs qu'un chaud soleil caresse,
Tout m'inspire.... et je chante faux.

Parfois en parcourant nos prés, nos champs fertiles,
Je songe, chers enfants, je songe avec dédain
Qu'on rencontre ici-bas bien des âmes serviles,
La haine, l'orgueil et la faim !

« Mais qui donc peut ainsi jusque dans nos villages
« Ensemencer la haine et nous faire souffrir ? »
C'est l'égoïsme, enfants, ce mal de tous les âges,
Qui nous atteint sans coup férir !

C'est l'infâme agio, c'est l'écrasante usure
Qui se glissent partout, suivis du désespoir :
La ferme, le château, la plus humble masure,
Tout subit ici-bas cet occulte pouvoir.

Car en ce siècle hétéroclite
La vertu n'est qu'un mythe ;
Les sacs d'écus sont tout,
Et la ruse hypocrite
Règne partout.

Amour, sainte amitié, tranquille confiance,
Sublime charité,
Oh ! revenez bientôt sous mon beau ciel de France
Réclamer votre place et vos droits de cité.

10me LEÇON.

BOUTADE.

JOB.

Mesdames, fardez-vous ! — Messieurs, faites les beaux !
Que vos chars blasonnés, où trône la paresse,
Eclaboussent sans cesse
Le travailleur qui passe, allant à ses travaux !

MILLION.

Devant mon luxe et ma richesse,
Fils de vilain, misérable jaloux,
Vite à genoux !
Courbe l'échine avec souplesse !

JOB.

Passez, n'insultez pas l'âne jusqu'au licou....
Beautés sans cœur, sots gandins bons à pendre !
Quand votre âme orgueilleuse ira je ne sais où,
Ce corps tant adulé que la terre va prendre,
Après de cours instants, dites, que sera-t-il ?
Las, un squelette affreux, poudré d'un peu de cendre !
Ainsi soit-il !

11me LEÇON.

LE LOT DU POÈTE.

Le grand maître, un jour, dit aux hommes :
Allez, partagez l'univers.
Les villes, les forêts, les champs et les déserts
Sont à vous, laboureurs, marchands et gentilshommes.

Tous entendirent cette voix :
Les laboureurs prirent la terre,
Les barons, fiers chasseurs, les bois,
Le paresseux eut.... la misère....

L'avide trafiquant remplit ses magasins
Des produits variés que donnent les deux mondes;

L'orgueilleux potentat, dans ses vastes desseins,
Prit les ponts, les canaux et les mines fécondes,

Et dit : — les impôts sont à moi....
Aussi, quand le pauvre poète
Vint, c'était fait. — Mon Dieu, pourquoi,
N'ai-je donc rien? dit-il d'une voix inquiète.

Eh ! pendant le partage, où fuyais-tu, rêveur?
Tu voyageais sans doute au pays des chimères?
— J'étais là, près de toi, contemplant ta grandeur,
Ebloui, fasciné devant tes saints mystères.

— Sur la terre, j'ai tout donné :
Des champs, des forêts et des villes
Je n'ai plus rien, poète aimé,
Et tes regrets sont inutiles !

— Que faire alors?... — Auprès de moi
Viens, cher enfant, le ciel me reste;
Viens habiter la cour céleste :
J'y garderai toujours une place pour toi.

12me LEÇON.

Je voudrais, amis, trouver une issue
Et quitter enfin ce triste vallon
Où règne un brouillard lourd, nauséabond,
Qui glace les cœurs et lentement tue !

Bien loin j'aperçois de riants côteaux
Couverts de gazons, de fleurs éternelles;

Oh ! joyeux pinsons, si j'avais vos ailes,
Je m'envolerais vers ces frais berceaux.

Et puis chaque jour des flots d'harmonie
Viennent jusqu'à moi de ces bords lointains;
La brise m'apporte aussi, les matins,
L'énivrant parfum d'une autre patrie.

Je vois des fruits d'or briller à travers
Les arbres nombreux au puissant feuillage;
Ils mûrissent là sans craindre l'orage,
Sans craindre le froid de nos longs hivers.

D'un torrent profond, la course rapide
Me défend l'accès de ces lieux bénis
Où l'on vit heureux, sans aucuns soucis;
Sans redouter rien d'un monde perfide.

Non loin j'aperçois un bateau léger
Que le flot changeant soulève et balance;
Hélas ! sur son bord règne le silence;
Le pilote absent ne peut me guider.

. . . .
. . . .
. . . .
. . . .

Mais il faut oser. — Allons, du courage,
Vite au gouvernail : —vouloir, c'est pouvoir.
Encore un effort et sur l'autre plage
Splendide oasis, je serai ce soir.

13me LEÇON.

LES BROUILLARDS FONT LE CIEL GRIS.

Chanson.

Sur le vallon, souffle le vent d'automne,
Zéphir s'envole et l'hiver va sévir.
  Ah ! des beaux jours que Dieu vous donne,
  Enfants, hâtez-vous de jouir.

Où fuyez-vous, hirondelles gentilles ?
Parfums des fleurs si suaves, si doux ;
  Habitants des vertes charmilles,
  Petits oiseaux où fuyez-vous ?

Vous nous quittez, charmes de la campagne,
Troupeaux bêlants et légers papillons !
  On voit déjà, de la montagne,
  L'hiver descendre en nos vallons.

Ma vue au loin tristement se promène ;
Je ne vois plus que des arbres jaunis :
  Le givre s'étend sur la plaine,
  Et les brouillards font le ciel gris.

14me LEÇON.

LA CHANSON DU TISSERAND.

Musique de Micoulin.

Pan, pan, pan, pan, allons, vite en chantier;
Le travailleur vaut bien un sot rentier.
Quand la trame est prête
Glisse, ô ma navette.
Pan, pan, pan, pan, allons, vite en chantier.
Fuyons la paresse,
Oui, luttons sans cesse.
Le travailleur se rit de l'usurier
Et nargue le rentier.

Le front tout en nage,
Débitons l'ouvrage!
Va, j'ai du courage,
Lise, auprès de toi.
Mais si la navette,
Ma bonne Lisette,
M'échappe et s'arrête,
Vite rends-la-moi.
Pan, pan, etc.

Souvent la misère
Effrayante, amère,
Chez le prolétaire
Précède la mort!
Toute la semaine
Restons à la chaîne,

Et sans perdre haleine
Frappons, frappons fort.
Pan, pan, etc.

Lise, il faut me croire :
Chassons l'humeur noire,
Et, sans fausse gloire,
Travaillons, aimons.
Foin des imbéciles,
Des langues subtiles,
Des frondeurs agiles
Et de leurs leçons.
Pan, pan, etc.

Et puis en revanche,
Quittant le dimanche
Notre maison blanche
Aux contrevents gris,
Nous irons, Lisette,
Cueillir la noisette
Et la paquerette
Par les prés fleuris.
Pan, pan, pan, pan, allons, vite en chantier ;
Le travailleur vaut bien un sot rentier.
Quand la trame est prête
Glisse, ô ma navette.
Pan, pan, pan, pan, allons, vite en chantier.
Fuyons la paresse,
Oui, luttons sans cesse.
Le travailleur se rit de l'usurier
Et nargue le rentier.

15me LEÇON.

DEUX MISÈRES.

Il est nuit; — c'est l'hiver, — la neige immaculée
Comme un linceul s'étend sur toute la vallée.
A l'huis d'une maison triste, isolée,
Un vieillard grelottant frappe et franchit le seuil :

Salut et bon accueil
A l'inconnu qui vient sous mon toit solitaire.
Femme, vite de la lumière,
Prépare le repas du soir !
Sur ce banc, bon vieillard, venez donc vous asseoir !

Et la femme répond au père de famille :
Vois, la bûche pétille,
Mais je n'ai plus de pain !
Depuis deux jours, douleur amère,
Mon pauvre enfant a faim !

Le père
En apprenant ainsi la vérité, — pâlit !

Je te croyais bon, serviable,
Aimant à soulager le misérable !
Hélas ! je me trompais.... Sortons, sortons d'ici !
Allons chercher ailleurs de la paille, un abri,
Dit l'étranger d'une voix grave.
Et l'autre va, fouillant du grenier à la cave,
Et puis revient
Sans avoir rien trouvé, mais rien,
Pas une épave !

Et l'étranger : — As-tu donc au printemps
Follement dédaigné de cultiver tes champs
Pour être ainsi dans la disette,
L'hiver venu? — Vieillard, j'ai travaillé longtemps;
Le prix de mes travaux, la moisson était prête,
Mes arbres étaient beaux et pliaient sous leurs fruits;
Mais l'orage en passant sur ce lopin de terre,
Terrible, a ravagé tous ses riches produits!
— Pardonne, je te prie, à ma critique austère!
Je comprends à cette heure, et je plains ta misère,
Car j'ai souffert aussi : triste fut mon destin!
Ecoute, frère :
Fouille dans ma besace et donne à cette mère,
A son enfant, tout ce que j'ai de pain.
Va, je suis bien heureux, malgré mon indigence,
De pouvoir aujourd'hui
Soulager la souffrance
De ton enfant chéri!
Heureux de raviver aussi
Chez cette brave femme au cœur endolori
La force, l'espérance.

Mais nous qui sommes forts, en attendant demain,
Allons dormir : dormir trompe la faim.

Et puis, qui sait? — la Providence
Peut, d'ici là, changer notre destin.

16me LEÇON.

L'ÉTÉ.

C'est l'été : — Sur l'immense plaine,
Les faucheurs nombreux et vaillants,
Dès le matin, sans perdre haleine,
Couchent les sainfoins odorants.

« Grand Dieu, préserve de l'orage,
« Du vrai fléau de la saison,
« Les toits de chaume du village,
« Les fleurs, les fruits et la moisson. »

Voyez, nos gentilles faneuses,
Gaiement ratissent après eux ;
Elles babillent, sont heureuses ;
Au vent flottent leurs longs cheveux.

« Grand Dieu, préserve de l'orage,
« Du vrai fléau de la saison,
« Les toits de chaume du village,
« Les fleurs, les fruits et la moisson. »

Sous le soleil l'épi se forme,
Monte, jaunit rapidement,
Et la grappe du bois difforme
Se développe lentement.

« Grand Dieu, préserve de l'orage,
« Du vrai fléau de la saison,
« Les toits de chaume du village,
« Les fruits, la vigne, la moisson. »

Oh! bénissons dame nature,
Qui donne aux petits des oiseaux
Le grain de mil pour nourriture
Et les regains à nos troupeaux.

« Grand Dieu, préserve de l'orage,
« Du vrai fléau de la saison,
« Les toits de chaume du village,
« Les fruits, la vigne, la moisson.

1868.

POST-FACE

Oh ! je n'aspire point à l'immortalité ;
Non, mes vers n'iront pas à la postérité.
Si quelquefois bercé par un amer songe
Je flagelle en passant l'astuce, le mensonge ;
Si je trace pour vous ces lignes aujourd'hui,
C'est par délassement et pour chasser l'ennui
Qui vient m'assiéger quand, passant la navette,
Le fil est bien mauvais et se brise souvent.
Pour ma muse inquiète,
Ce n'est qu'un jeu de mots, un simple amusement,
Où quelquefois par goût mon esprit se délasse.

Enfants, je ne suis point un élu du Parnasse ;
Pour moi Pégase est bien souvent rétif.
Et puis, je ne sais pas le verbe, l'adjectif,
L'adverbe, le pronom, l'article, l'ablatif....

Y songez-vous, enfants ! moi, publier un livre ?
Oh ! jamais, non, jamais, mon âme, ne t'énivre
De ce rêve enchanteur
Qui berce le poète et fait bondir le cœur ;
De ce rêve qui tue en ce temps prosaïque,
D'argent, de passions, de fadasse critique
Et d'éloquents discours
Pour bercer le peuple un peu mieux tous les jours
Et lui faire oublier ses douleurs, sa misère !....

A part quelques amis généreux, tolérants,
Nul ne lira ces chants,
Premiers-nés de la plume inculte, mais sincère,
D'un prolétaire.

FIN

www.ingramcontent.com/pod-product-compliance
Ingram Content Group UK Ltd.
Pitfield, Milton Keynes, MK11 3LW, UK
UKHW020520230726
13925UKWH00005B/2201

9 782014 101638